رواية لهيب التمرد

laroucichaima

Published by laroucichaima, 2023.

رواية لهيب التمرد

First edition. August 29, 2023.

ISBN: 979-8223684244

Written by laroucichaima.

Also by laroucichaima

رواية لهيب التمرد

قائمة المحتويات

الأهل هم ركن الحياة وقلب الأمان. إنها المكان الذي ننمو فيه ونتطور، وحيث نجد الدعم والحب اللازمين لتكون الشخصية والنجاح. من التأثيرات الخارجية في العائلة

بسم الله الرحمن الرحيم

الحمد لله رب العالمين جعل ذكره حدائق المؤمنين ومناجاته غذاء أرواح المتقين والتضرع إليه سبحانه عز العالمين.أحمده على نعمه وأسأله المزيد من كرمه وأشهد أن لا إله إلا الله وحده لا شريك له شهادة تبلغ القاصد من فضله سؤاله وأمله وتنيله من بحر جوده ما قصده وأمله ويعطيه بها من أنوار العرفان ما أشرق قلبه ونوره وكمله وأشهد أن سيدنا محمدا صلى الله عليه وسلم عبده ورسوله وصفيه وخليله الهادي إلى صراط مستقيم والداعي إلى الدين القويم.

صلوات الله وسلامه عليه،وسائر النبيين،وسائر الصالحين

التعريف بصاحب الكتاب :

العروسي شيماء كاتبة جزائرية عمرها 15 سنة فتاة طموحة وذات شغف كبير
وهذه الرواية جزء من طموحي.

أهدي هذه الرواية إلى عائلتي السند الأول متابعيني وشركاء نجاح
أتمنى من الله عزوجل أن يحفظهم لي ويجعل الفردوس الأعلى سكنا لهم.

عائلتي هي السبب الأول بنجاحي ....

السبب الذي جعلني أطلق العنان لمخيلتي هو عائلتي...

المقدمة

السلام عليكم......

... في عالمي عالم الخيال عالم الكتابة الواسع

في عالمٍ بعيد، حيث تتعايش الخيال والواقع، تنطلق روايتي بأبعادها المتشعبة وشخصياتها الغامضة. إنها قصة تحكي عن رحلة استثنائية للبطل الرئيسي رحلة تغير حياته وتفتح أبوابًا لم يكن يعتقد أنها ممكنة .

تتميز روايتي بتنوع العوالم التي ستستكشفها و التحديات التي ستواجهها.

ستغوص في عوالم سحرية مذهلة، تقاوم فيها قوى الظلام وتكشف أسرارًا مدفونة. ستشعر بالإثارة والدهشة أثناء تجوالك

في ممالك مجهولة ومخلوقات غريبة.

في هذه الرواية، تجد البطلة نفسها عالقةً بين مصيرها ومسؤولياتها.

تتعلم القوة والشجاعة من خلال مواجهة التحديات المرعبة والخيارات الصعبة.

يكتشف قدراته الخارقة وتتعلم كيفية التحكم فيها، لتصبح قوة لا يستهان بها في معركتها ضد الشر.

بصوت السرد الشيق والوصف الغني، ستتجرأ على استكشاف الأماكن المحظورة والمواجهة مع الأعداء المخيفين. ستتأثر بصراعات ا لخيانة، وتشعر بالتوتر والترقب مع كل صفحة تقرأها

تنسجم روايتي مع مشاعر وأحاسيس القراء، حيث ستدخل عالمًا غريبًا و تعيش تجارب ملحمية. ستتركك الرواية وأنت تفكر في معانيها العميقة وتأثيرها على الحياة الحقيقية.

إن روايتي هي مغامرة لا تُنسى، حيث ستعيش كل لحظة بكل وتيرة وتشويق تجربة تترك أثرًا عميقًا في قلوب القراء وتعكس قوة الخيال والإبداع .

فاستعد للانغماس في هذه الرواية المثيرة، واستعد لأن تكون جزءًا من مغامرة لا تُنسى، حيث الخيال يصبح حقيقة والأحلام تتحقق.

أتمنى أن تنال إعجابكم وأن تستمتعوا بقراءتها....

الفصل 01 : عندما تتذوق الصعوبات في حياتك سيصبح عقلك أكبر من عمرك بكثير

» في كل عام من شهر مايو يجتمع زعماء المافيا إسبانيا وألمانيا « على مائدة واحدة بتعابير السعادة بقلوب قاسية ملئها الحقد ، أساس اللقاء هو عرض مختلف التغيرات القانونية الجديدة لكلا الطرفين .

بعد أن قتل الصمت أجواء الغرفة نطق الجد الأكبر لعائلة آراغون الإسبانية السيد أرتيمس : » ما تم تجديده في قانوننا هو إبعاد ونفي منصب المرأة كحاكمة للمافيا... «لم يكد ينهي كلامه حتى بزق مارك الماء من فمه من شدة الصدمة ..ولم يعتذر حتى،قال » : الجد الأكبر لعائلة ريغنار الألمانية السيد ماريو القرار قراركم أما نحن فجديدنا إستدعاء حلفاء أعدائنا متى شئنا والقرار قرارنا « لم يستطع أحد الرد على ما قاله الجد الأكبر و هذا خوفا منه ،إلا ماريسا الحفيدة الصغرى لعائلة آراغون قائلة : » من وكلكم أسيادا على كل عوالم المافيا ؟؟ « بدأت لواهب الغضب تشتعل ولكن ماريسا لم تبالي بهم ،ليرد عليها الحفيد الأكبر والزعيم المستقبلي للمافيا والتر : » من وكلك محامية على قوانيننا ؟؟ « ! الحفيد الأكبر والزعيم المستقبلي للمافيا والتر : » من وكلك محامية على قوانيننا ؟؟ «.

طلب الجد الأكبر ماريو من الجميع الهدوء لأنه أدرك بأن كل شيء سينقلب رأسا على عقب ....

... أما والتر فكان يفكر بمكانة ماريسا في عائلتها لأن هدفه كان أكبر بعد لحظات دخل الفتى أرثر الحارس الشخصي لماريو ليمنع أسيانو الأخ الأكبر لماريسا صاحب الشخصية الفتاكة بمن حولها ،اقترب من أرثر كونه لم يطمئن له قط ومنعه من الدخول ، لكن الجد أرتيمس طلب منه السماح له بالمرور وهنا ...انتهى المجلس المعقود بينهم.

ماريسا فتاة فضولية و غامضة قررت اكتشاف أسرار عائلة ريغنار بإرسال حارستها الشخصية إيما للتجسس بصفة خادمة لهم ... وصلها من إيما أن ماريو يملك أختا تدعى تمارة عنيدة وتحب تطبيق جميع أفكارها ...وهنا بدأت الصورة تتضح لماريسا وبدأت بإعداد العدة لأن تكتشف السر المخبأ في تمارة .

أما ماريو في اليوم التالي أرسل رسالة رسمية يطلب

فيها حضور ماريسا إلي قصرهم ،وفور وصول الرسالة

قررت ماريسا الذهاب لكن رفقة ميلينا وعند وصولهم

تم استقبالهم وكأنهم هم زعماء عوالم المافيا لم تروح ماريسا للأمر لكنها كانت تعلم أنه يجب عليها

الهدوء ،أدخلاهما إلى القاعة العامة و هنا بدأت الخطة

سئل ماريو ماريسا : « ما أكبر مخاوفها ؟؟ »لم تجب لكنها قالت : « من أوكلك بهذه المهمة ؟؟ »

« قال ماذا تعنين ؟؟ ردت : » لايهمك،أما أكبر مخاوفي هو طولك وصندوقك الردأ

لم يفهم تعجب وقال : » تكلمي دون ألغاز وأنا لست

» طويلا وأي صندوق , فقالت : » أقصد لسانك و عقلك

رأت ملامح الغضب بادية على وجهه فنهضت عن

مقعدها قائلا أدام الله عافيتك دمت سالما و غادرت

القصر بكل فخر ،لكن ماريو بقي تحت الصدمة ولم

يستطع حتى التفكير بأدنى خطة تردعها لكنه كان يريد أن يضمها إلى جوقته.....

الفصل 02 : نهر الراين

قررت ماريسا الذهاب للقاء الحارس الشخصي لوالتر وذلك بعد أن
اكتشفت أنه يعلم الصغير و الكبير عن والتر وعند وصولها قالت : » السلام عليك ،
تختار أماكن طبق الأصل بشخصيتك ،في تلك اللحظة أدرك
أنها تعلم عنه كل شيء فالكثير من من التقى بلوثر لم يكتشف شخصيته
أحست ماريسا أنه إرتبك فسألته هل أنت دائما مرتبك من كلامي فرد :
» أأأأ لالا ،قال من النهاية ماذا تريدين ،سألته ماريسا هل تمارة تعلم أمور الحكم و المافيا .
لم يستطع إجابتها لأن يعلم أن كلامه سيقتله من طرف من يراقبه طلب لوثر
من ماريسا تغيير السؤال ،ماريسا : » حسنا إذا ،الجلوس مع تمارة
في نفس الطاولة خير من التكلم معك نلتقي في
وقت لاحق ولربما
هذا آخر لقاء بيننا ،وبعد ذهابه قالت ماريسا : » تمارة أخرجي ألا تخجلين
من فعلتك ...انصدمت تمارة من دقة حدسها وقالت :
» متى رأيتني ...؟؟ قالت تمارة منذ وصولي فنهر الراين أشبه بي غامض
مثلي و لآن تمارة بعد يومين ستأتين إلى إسبانيا لست مدعوة بصفتك أخت
والتر ولكنك مدعوة بصفتك فتاة تهمني وتهم أشغالي
....،وإن سمعت الحديث الذي دار بيننا في مكان آخر سيكون نهر الراين شاهدا عليك،
وفي اليوم التالي ذهبت تمارة حقا وكلها خوف وقلق
... عند دخولها إلى جناح ماريسا سلمت وسألتها سبب إحضارها إلى هنا ،قالت ماريسا :
» ستكونين عيني التي أرى بها في قصركم ،وستخبرينني الصغيرة و الكبيرة فيه فهمتي
...قالت تمارة : » طبعا طبعا طوع أمرك
قبل أن تخرج تمارة أخبرت ماريسا أن ماريو يملك سرا لا أحد يعرفه لربما يهمك الموضوع
وأصل السر.
طلبت ماريسا من تمارة الإنصراف و التفكير في عملها.
كانت تمارة منذ خروجها من جناح ماريسا تفكر كيف ستعرف جل الأخبار...
عند وصولها لقصر هم سألها والتر عن سبب غيابها لم تجبه وقالت أنها متعبة لم يشك بها قط
...

... دخلت تمارة إلى غرفتها وظلت تفكر ...طلبت حضور أولغا القناصة الملكية
...طلبت منها جلب كل أخبار القصر وخاصة مايتعلق بوالتر
...أما أسيانو فقد حاول قتل لوثر ولكنه فضل إحتجازه لأيام فهو يفيده
... ماريسا تفاجأت بحضور سيدة تدعى أداليا إليها
طلبت أداليا البقاء في إنفراد مع ماريسا وقالت لها : » أعلم أنك تريدين تحقيق أهدافك لذا أنا
من سيساعدك « ...

الفصل03 : عدو عدوي صديقي

» : إستغربت ماريسا من أداليا لكنها وافقت ،وأيضا قالت أداليا
لاتتدخلي أنا أتكفل بالأمر « فرحت ماريسا و الغريب في الأمر
... أنه لا أحد يعرف أداليا والجميع إستغرب لحضورها
بدأت أداليا العمل وأول ما فعلته هو حرق الكنيسة الملكية للجد ماريو
ولم يعرف الجميع سبب الحريق أو من إفتعله ...وعلى إثر هذا أقاموا حدادا لمدة شهر...
هذا الحداد كان هدف أداليا ...في هذه الفترة...
أرسلت أداليا مرأة من أتباعها لتقبض على مارتن وقد فعلت
وبعدها بأسبوع أرسلت رسالة إلى ماريو تطلب فيه لقائه في كهف ألتميرا...
...بإسبانيا لكن دون أتباع أو جنود أو حراس بعد ثلاث أيام من تلقيه الرسالة ،وافق على ذلك
بعد انقضاء الثلاث أيام تم اللقاء ولكن بينه وبين ماريسا دون تواجد أداليا
قالت ماريسا : » أهلا بك سررت بقبولك المجيء،...
توالت عليكم المآسي الواحدة تلو الأخرى ،لذلك سأعقد صفقة معك مفادها
أن تلبي طلباتي و أضمن بدوري سلام قصرك ،ودون تفكير من ماريو
وافق ،سرت ماريسا وقالت : » ستعينني نائبة لك يدك اليمنى وهذا غدا وأمام مرأى الجميع
...
...وبعدها سنتكلم عن المتطلبات ،أمام بخصوص مساعدتي لك فستظر صباح الغد
... سر ماريو بكلامها الجريء ووعودها النافعة وذكائها
بعدها ذكرت له بأن أول مساعدة لنا هي عودة مارتن له
... لم يشك ماريو بأنها هي سبب هذه المشاكل...
غادر ماريو مسرورا ،أما ماريسا فقد ذهبت لتجهيز خطابها المقنع لأسياد ألمانيا ووزراء
... ماريو وكذا إبنه والتر الذي كان في هذه الأثناء يستلم ميداليته في المبارزة الملكية للمافيا
... أما تمارة فقد نفذت مخطط ماريسا ووصلتها بضع أخبار عن القصر
ذهبت تمارة إلى ماريسا وأخبرتها أن هناك من عقد صفقة مع الجد ماريو
... ابتسمت ماريسا وقالت : » رائع رائع رائع،
...إستغربت تمارة من سرورها
» ... وقالت لها أيضا أن والتر نال جائزة « ميدالية المبارزة الملكية للمافيا
... طلبت ماريسا من تمارة الإنصراف و عدم المجيء فقط يمكنها إرسال رسائل رسمية
...سرت تمارة و غادرت القصر بكل بساطة
...دخلت إيما وأحضرت الخرائط والمخططات التي طلبتها ماريسا

الفصل 04 : لا تعطي عقلك لأحد

المخططات التي طلبتها ماريسا هي مخططات عوالم
المافيا بأكملها ،لم يلفت نظرها أي شيء غير كلمة
واحدة هي « أكسل » ،طلبت من إيما جمع كل شيء
ولحاق بها ،ذهبت ماريسا إلى أسيانو وقالت : » ماذا
تعني كلمة أكسل « صرخ في وجهها من أين عرفت
... هذه الكلمة ،لم تجبه طلب من الحراس حبسها في الغرفة المظلمة
وفي تلك الليلة راودها حلم : » أن الأكسل يبحث
عنها ،وأنه هو من سيكشف لها جميع الأسرار
المخبأة ،إذ كان عليها الذهاب إلى كهف ألتميرا
بإسبانيا » نهضت وكلها هلع وخوف ،وأخذت تفكر
كيف ستخرج ،كان في الغرفة المظلمة حجرة سرية
لم تكن ماريسا تعلم بها كانت كلمت سرها « كيف
سأخرج » قالتها ماريسا ففتحت بوابتها لم تنتظر
ماريسا ولو للحظة ومرت خلف البوابة لتكتشف أن
البوابة تأدي إلى كهف ألتميرا وقد وجدت شخصا لا
ترى إلا عيناه حتى إن صوته لايعرف قد علمت منه
» : أنه يعرف كل شيء عن ماريسا ،قال الأكسل
ماريسا ماريسا ماريسا تريدين تحقيق
أهداف ...ستتحقق
... أطلبي طلبت مني سيكون هو بداية عملي لديك
طلبت منه إستدراج الجد الأكبر لعائلة ريغنار السيد
ماريو إليها مرة أخرى وذلك لأنها لن تستطيع الخروج
... ليسلمها منصب نائبة ويده اليمنى
وافق الأكسل وغادر. فورا ...عادت ماريسا إلى الغرفة
المظلمة ...وكتبت رسالة لأداليا تخبرها بالمجيء إليها
...بسرعة فالأمر طارئ
وصلت الرسالة لأداليا وأتت وسألت ماريسا ماهو
الامر الطارئ أخبرتها عن الأكسل ففرحت أداليا
وقالت : » بدأت خططنا تتم شيئا فشيئا « لم تفهم
ماريسا قصدها لكن أداليا أخبرتها بأن الجميع يخشى
... الأكسل لذلك فمنصبك كحاكمة للمافيا سيحقق
... أما بشأن والتر هل فكرتي بما ستفعلينه ردت ماريسا أجل أجل

إستدعت ماريسا والتر وهنأته على ميداليته ولكنه
إستغرب من معرفتها...
تحدثا عن كل ما يتعلق بالمافيا وفجأة قامت ماريسا
بحمل كرة واللعب بها أمامه تذكر شيئا من طفولته
ولكن فزع وغادر بسرعة ...
كانت ماريسا تعلم بأنه سيفزع ويغادر لذلك تعمدت
ذلك وذلك ليخشى منها شيئا فشيئا ...
جاء ماريو الى قصر عائلة آراغون الإسبانية وطلب
أخذ ماريسا ...وعند وصولهم الى قصر عائلة ريغنار
طلب الجد الأكبر ماريو حضور الجميع وقام بتعيين
ماريسا نائبته ويده اليمنى في حكم المافيا ...
وهنا أصبح الجميع خائفا من ماريسا حتى والتر وهنا
أصبح يملك حقدا أكبر تجاهها ...لكنه لن يفعل أي شيء ...
توعدت ماريسا للخدمة للمافيا وأن كل من سيخترق
القانون سيقتل أمام مرئا الجميع ...
وهنا أصبح الجميع يقول كيف لمرأة مختلفة عن
عقائدنا وهي محجبة أن تحكمنا الويل لنا من ما
ستفعله بنا هذه الفتاة الطائشة...
بدأ عمل ماريسا وأول مافعلته هو إحتجاز والتر لمدة
ساعة وذلك ليلا يحضر الإجتماع ...
وطلبت من الخدم أن يأخذوها إلى الغرفة
الإلكترونية فهي أذكى إمرأة في أمور البرمجة بالمافيا كلها...
وأول قانون أصدرته لا وجود للزواج في عالم المافيا
أحب من أحب وكره من كره ...
الويل لمن يخالف هذا...

الفصل 05 : وسط الأسلحة تصمت القوانين

في صباح اليوم التالي ذهبت تمارة إلى قصر عائلة آراغون الإسبانية وعند وصولها قابلها أسيانو كانت فتاة جميلة بشعر أحمر كالحرير بعينين سوداوتين بريقهما كاللؤلؤ ،قال لها أسيانو : » مرحبا بك ،من تكونين ؟؟‹ قالت تمارة : » أنا تمارة تشرفت بمعرفتك أسيانو ،قال لها من أين تعرفين إسمي قالت أن الأهل يعرفون أهلهم ،ضحك ثم طلب منها الذهاب للجلوس في الحديقة ...

وافقت جلسا في الحديقة وتعرفا على بعضهما جيدا وأمور المافيا لكل منهما ....

بعد ساعات قررت المغادرة فطلب منها العودة مجددا ...وفي تلك الليلة بقي أسيانو يفكر وقرر الزواج بها فقد رآها أنسب مرأة له ...

في الصباح ذهب لخطبتها لم تكن ماريسا هناك في القصر لذلك لم تحضر الخطبة التي وافق كل أطرافها وقالوا ماريسا لم تتحدث في أمر الزواج بالتفصيل وقرر الطرفان أن العرس سيكون بعد يومين ،بعد سماع ماريسا بالأمر لم تستطع أن تقول شيئا ولكنها تمنت لهما السعادة الأبدية ...

في اليوم العرس حضر الجميع له تحضيرا يليق بالملوك و المافيا فرح الجميع لهما لكن ماريسا شعرت بالحزن لأنها ستبقى وحيدة لأن أسيانو و تمارة سيذهبان إلى الصين ويستقران هناك لبعض سنوات لكنها كانت تعلم أن أمورا مهمة كانت تنتظرها فنسيت حزنها ، ودع الجميع أسيانو و تمارة...

ذهبت ماريسا إلى القصر لتلتقي بوالتر وقد رآها تبكي ولأول مرة وقال لها : » ونحن ألن يحين دورنا قالت ماريسا : » وغد ولا تعرف مجالا لمشاعر الناس ولاحتى التعامل معهم تبا..تبا..لك « ...

وغادرت إلى غرفتها مسرعة ...وفي الصباح جاء والتر ليطمئن عليها لكنها رفضت رأيته ...وذهبت للقاء الأكسل...

الفصل 06 : نفوذ ماريسا ،عهد ماريسا في المافيا

ذهبت ماريسا للقاء الأكسل الذي طلب حظورها إليه
فورا لأنه أراد أن يبوح لها بسر قاتل والدها لأنها
يتيمة الأب منذ ولادتها ،فقد توفي والدها قبل ولادتها
... بشهر
قال الأكسل قتل والدك كونه أراد تصفية عوالم
المافيا من الجواسيس والأشرار ،قتل غدرا أثناء
... رحلته إلى البرازيل
قالت ماريسا : » من قتل والدي هيا تكلم ...لم تكن
... تنتظر أن قاتل والدها هو الجد الأكبر ماريو
لم تستطع أن تتحكم في أعصابها لكن الأكسل
... بأن يوم الإنتقام لك كبير
... ذهبت ماريسا إلى إسبانيا وبقيت في غرفتها
حتى وصلها خبر وفاة الجد ماريو ...لم يكن الأكسل
...من قتله ولا إيما ...إذ من قاتله
ذهبت لحظور مراسم الدفن ...وذلك لأنها لم تكن تعلم
... من القاتل
بعد الدفن بأربعين يوم يعين الوريث و الحاكم
... الجديد للمافيا
لم يكن الوريث هو والتر بالكانت ماريسا فهذا جزء
من اتفاقها من الجد ماريو ...أما نائبها كان والتر
لكي لا تلفت الأنظار ...ولكن أتباعها فهم أدرى
... بمكانتهم عندها دون ترسيم
إستلمت المقعد الملكي و هنا يأتي لزيارتها الجد الأكبر
أرتيمس هنأها كونها استولت على مقعد أعدائهم
كانت ماريسا تخطط لإيستلاء على البرازيل
...فرأت أن فيها لغزا يخص والدها
طلبت إرسال رسالة رسمية لحاكم مافيا البرازيل
السيد راغيني بأنها ستأتي في زيارة بعد أسبوع
في هذا الأسبوع أرسلت جاسوسا » أداليا « لمعرفة
... كل شيء عن البرازيل
أما هي فقد إستدعت الوزراء أولهم والتر ليناقشوا
... موضوع القصر

وقد أقنعتهم بالإستيلاء على البرازيل لكنها طلبت
منهم التريث لأسبوعين ريثما تقضي أشغالها...
أتت إلى القصر سيدة تدعى سنيورا عجوز
طلبت العون من ماريسا كون شخصا يدين لها بالقتل
إن لم تسدد ديونها ...
قالت لها ماريسا بأنها ستساعدها المال سيصلك بعد
قليل اطمئني...
بعد ساعة وصل للعجوز المال ،وقد نشرت العجوز
قصتها مع ماريسا وقالت أنها فتاة رائعة كالجوهرة
مساعدة لاتبخل على أحد ،أصبحت ماريسا حديث
الجميع وأصبح الجميع يقدرها ويحبها ويمدحها
وصل المديح إلى غاية قصر راغيني وبذلك أمر
بإستقبالها إستقبالا يليق بالملوك ...
أتت أداليا بتقرير مفصل عن قصر السيد راغيني
من مداخل ومخارج و خدم و وزراء ....
جاء وقت ذهاب ماريسا إلى البرازيل أخذت معها إيما
وأداليا و لوثر ولكنها رفضت ذهاب والتر جميعكم
يعلم لماذا...
إستقبلها راغيني إستقبالا باهرا يليق بها ...دخلت في
الموضوع مباشرة : « تعلم من أكون دون أن أشرح »
قال أعلم مكانتك وسمعتك سامية في المافيا ...
ماريسا : « لا أشك في ذلك لكن لماذا تكتبون ما أقول
إنصدم راغيني من معرفتها لأن الكتاب لا أحد
يستطيع رأيتهم ولا أحد يعلم مكانهم غير راغيني
سألها كيف اكتشفت ذلك : « أقرأ العيون و الأفكار و
الأشخاص ،لا أحد يتلاعب معي »
أصبح راغيني يخشاها كثيرا ، بعد العشاء بدأت
ماريسا تحضر لإستيلاء على القصر ...
بدأت شيئا فشيئا إلا أن قتلت الحرس لأنها اتفقت
مع الوزراء على إرسال أتباعهم من المافيا خلفها
مباشرة ...
أما راغيني فقد وقع في قبضتها لم يستطع أن يفعل
أي شيء غير الإستسلام و الإنصياع لأوامرها ...
أعلنت ماريسا سيطرتها على قصر راغيني ،مافيا
البرازيل ،و هنا أصبح الجميع يخشى منها وسارعوا

لعقد اتفاقيات و لإستسلام لها و الإنصياع لأوامرها
...أصبحت ماريسا سيدة المافيا بل كابوس المافيا
عادت إلى إلمانيا وكلها فخر بنفسها وصلابة
شخصيتها حتى عيناها الزرقاوتان كانتا
تعكسان السماء الصافية التي سترسمها في عالم
المافيا...
تم تتويج ماريسا على مستوى ألمانيا حاكمة لعوالم
المافيا كلها دون إستثناء وذلك خوفا من أخذها
بالقوة فقوتها لم تكن بالسهلة قط ...
فقال : أراد والتر التحدث معها سمحت بذلك «
قوة .شخصية .صرامة .من أين لك بكل هذا »
قالت إسئل نفسك وأنت عجرفة .جبن .فضول زائد
أين لك بهذا « لم يستطع مجاراتها في الحديث
فاستأذنها وانصرف ،لم تكن ماريسا تحبه قط
ولو أنه عدوها الأول ...
في هذه اللحظة كانت تفكر ترى من يكون الأكسل
طلبت إيما الإذن بالدخول فقد وصلت رسالة
من أسيانو إلى ماريسا يخبرها أنه بخير ويهنأها
على كسحها منصب حاكمة عوالم المافيا...
سرت ماريسا برسالته وتهنأته لها ...وقد أخبرته بكل
ما جرى معها من أحداث في غيابه وأخبرته أيضا من
قاتل والدتها ...
لم تصله الرسالة التي كتبتها فقد كتب الأكسل
رسالة أخرى و أحرق تلك وأرسل الجديدة إلى أسيانو
لم تكتشف ماريسا الأمر قط...
إسم راغيني هو اسم من انشائي «
وشخصية واسم الأكسل أيضا »
لا تزال الأحداث في أولها ◈ « » ◈

الفصل 07 : جيوفاني اللغز الجديد

في اليوم التالي جاء ماريسا شخص يدعى جيوفاني
كان شخصا أنيقا و شجاعا وطويلا لا يتكلم
ولايضحك كثيرا ....
هنأها وطلب منها التعاون معه لتأسيس ثنائي خطير
في المافيا ،وافقت ماريسا ،أعجب جيوفاني
بشخصيتها وصلابتها ...
سمع بكونها فتاة معطائة وكريمة وتساعد الجميع
أعجب بها جدا وعند عودته إلى بيته طلب من أمه
الذهاب لطلب يدها...
ذهبت الأم في الصباح لكن ماريسا لم توافق وطلبت
من السيدة رافينا والدة جيوفاني أن تتحدث معه
بنفسها ،أخبرت رافينا جيوفاني ووافق على التحدث
معها لكن بعد أسبوع وقد أرسل لها رسالة يخبرها
بموعد قدومه...
لم تعد ماريسا تخرج من غرفتها وذلك لإصابتها
بحمى شديدة لم يستطع الأطباء معرفة سببها
ساءت حالت ماريسا وصل الخبر الى أسيانو و
جيوفاني فأتيا ...
بدأت ماريسا تهلوس ولاتنام وتنسى أحيانا أخرى
خاف جيوفاني وأسيانو عليها كثيرا ...
بعد يومين ذهب جيوفاني وأخبر والدته بحالها
فطلبت منه أعطائها هذه العشبة ،بعد إعطائها
إياها إرتاحت من فورها ...
بعد تحسنها طلبت من الجميع الخروج وتركها
تتحدث مع جيوفاني....
أخبرته بكل مالديها فوجدته على عقائدها متفقا
معها في كل شيء ،فأصبح أقرب شخص إليها
وكانت كثيرا ما تجلس معه ويتحدثا في كل
خطط المستقبل ...
سمع والتر بما حدث فثار غضبا ودخل عندها وسألها
من يكون جيوفاني فقالت له : » ما شأنك هل تتهم
حقا بي أصمت ،لو كنت حقا تهتم بي لسمعت بأمر

... مرضي

أخرج ولا تعد حتى تعلم أخطائك وتحسن التصرف

... أما جيوفاني فهو أقرب شخص للمملكة

...غضب والتر وقام بضرب جيوفاني

طلبت ماريسا من الحرس حبس والتر إلا أن يتأدب

... ويحسن التصرف

وإعتذرت من جيوفاني نيابة عن والتر واصفة إياه بالساذج

...

الفصل 08 : إجتماع العائلة الحاكمة

بعد كل الأحداث التي مرت بها ماريسا قررت معرفة
كل شيء من الأكسل ،وقد طلبت حضوره ...
أتى الأكسل وطلبت منه ماريسا إخبارها بكل شيء
وافق وقال لها : » حان الوقت لتعرفي كل شيء
.... لابد من الحقيقة و عدم إخفاءها بعد الآن
طلب منها عدم الهلع وقد وعدته بأن تبقى صامتة
إلى حين إنهائه الكلام بدأ الحديث....
الأكسل : » أولا أنت لست من عائلة آراغون الإسبانية
أنت من عائلة ريغنار الألمانية ...
أما والدك فقد توفي حقيقة ..أما والتر فهو أخاك
وليس ندا لك لكنه لايعلم بهذا أما أداليا فهي أختك
الكبرى يليها والتر وبعدها أنت ..تفرقت عائلتك بعد
وفاة والدك وأدليا إختفت لتعود أما والتر فقد أخذه
الجد الأكبر ماريو واخفا حقيقته
أما أنت فقد أخذك الجد أرتيمس ولكنه لم يحبك
قط ولم يعتبرك يوما واحدة من عائلته...
ثم توقف الأكسل عن الكلام لتسأله ماريسا قائلة
أما أمي لما لم تتحدث عنها ..قال أمك دائما »
بجانبك ولم تبتعد عنك قط ...
قالت هل تقصد بأنك أنت الأكسل أمي لذلك لم ترني
وجهك ولا تكشف عن صوتك...
نزعت الأكسل قناعها كانت فتاة قوية جميلة بشعر
أسود و عينان سوداوتين ...
عانقت ماريسا والدتها روزا وكل دموع مختلطة
بإبتسامة تشق وجهها ...
ذهبا ومعا إلى والتر وأخبراه بالحقيقة فأحس
بالندم وطلب السماح من ماريسا على كل ما فعله
بها سابقا وقد ساحته ...
وقد سأل والدته من يعلم بقصتنا كانت تمارة وأسيانو
يعلمان بكل القصة ولذلك تزوجا ولم يعيرا أي
اهتمام لأوامر ماريسا ،لكنهما في الحقيقة أحباها ...
منذ ذلك اليوم لم تعد ماريسا تفارق والدتها وأختها

أداليا وبدأ عهد جديد في مملكة ماريسا و عالم المافيا

في صباح الغد سمعا بحريق مهول في قصر عائلة

... أراغون الإسبانية

... رغم كل مافعلوه بها لها أرسلت مساعدات لهم

وبعد هذه الحادثة بيومين سمعت ماريسا و والدتها

.... روزا بأمر إختطاف الجد الأكبر أرتيمس

... ولم تستطع إيجاد حل لهذه المعادلة الصعبة

. وأيقنت بأن لغزا جديدا بدأ يظهر

وأخذت تتسائل لماذا ؟ وكيف ؟ ومن ؟

طلبت من أمها البحث في الأمر ومعرفة كل شيء

فالأمر بدأ يزداد خطورة بعد خط الجد أرتيمس

... أي أنه هناك لغز ولكن من يجرأ على فعل هذا

في اليوم التالي جاء جيوفاني ألى ماريسا ليطمئن

عليها ،وقد أخبرته بكل ما حدث لها و فرح

... وهنأها بعودة عائلتها وإجتماعها معهم

وقد تحدثا في أمر الزواج لكنها قالت له أنه يوجد

أمور كثيرة سيقومان بها وبعدها يتفرغان للزواج

بدأ تخطيط الثنائي الخطير للإيقاع بكل العوالم

والإستيلاء على المافيا والكل رهن الحكم ورهن

.... الأوامر ماريسا وجيوفاني

إكتشفت روزا الأمر ومن ورائه لكنها لم تخبر ماريسا

... من يكون حتى أو حتى ما غايته

كل شيء بقي لغزا لمريسا وأحست أنها في دوامة

...سوداء لاتنتهي

الفصل 09 : مايؤلمك يعلمك

ماريسا تتألم ..تبكي..تقهر ..لكن لا أحد يعلم الجميع
يظن أنها قوية ..لا تقهر ..لكنها لا تحب أن ترى الناس
يتألمون ..لا تحب أن ترى عائلتها تهان ..لا تحب الظلم
لذلك هي إن لم تجد حلا للغز ..لسر تتألم لا تجيد
المراوغة ...

طلبت ماريسا من كل زعماء المافيا الحضور ومن
دون رفض..الآن الأهوال أصبحت تحيط بالجميع
أعلنت في هذا الملتقى أن جيوفاني سيقوم
بجولة إلى كل مناطق المافيا ...

لم يفهم الجميع السبب لكن بضربة خنجر منها على
الطاولة ،علم الجميع أنه يجب عليهم التنازل
عن كل مناطقهم لماريسا...

الهلع بدأ في عوالم المافيا...ماريسا كابوس المافيا
بعد لحظات من انقضاء الملتقى سمعت ماريسا
باختفاء الزعماء السبع للمافيا ..هنا بدأ قلق
ماريسا يزداد .

وبعد هذا جاء الجد أرتيمس طلب من ماريسا
السماح له بالدخول و هنا حدثت المفاجئة قام
بتسليم جميع أملاكه وثرواته لماريسا وتعهد
بالولاء لها .

بعد يومين من اختفاء الزعماء ..جاءت أداليا
وأخبرت ماريسا أن الزعماء ينتظرونها في
القاعة العامة و هنا أعلن الجميع إعطاء جميع أملاكهم
وثرواتهم لماريسا ...

لم تفهم ماريسا أبدا ما يحصل ..من يفعل كل هذا
من يساند قضيتي ...

بعد هذه الأحداث أصبحت ماريسا تردد جملة
واحدة يهابها الجميع

كثير من الناس ينظرون إلي ويظنون أنهم » :
» يعرفونني لكنهم لا يعرفونني على الإطلاق
عبارة منها أرعبت الجميع رغم أنها عاهدوها
بالولاء لها لكنهم دائما ما يخشون من لهيب غضبها

وهنا بدأ لهيب التمرد والغضب عند ماريسا

ترى ما سيحدث ؟؟؟ لماذا سيتغير كل شيء ؟؟؟

الحياة مدرسة والناس أسئلة والأيام إجابات ماريسا

لم تنسى آلامها السابقة وعاهدت نفسها أنها

ستتخذ من كلام الناس الصخري حائطا تصعد

...به وتبني به معلما وحصنا منيعا أمام كل أهوالهم

بعثت ماريسا برسالة إلى الجميع قائلة فيها

...البحث عن المصائب ليس شجاعة وإنما غباء

الشجاعة هي الاستعداد لمواجهة المصائب التي

..... لا مهرب منها برباطة جأش

ماريسا الزعيمة المستقبلية واليد القابضة لأعداء

.....لا مهرب للعدو من قبضتي

الفصل 10 : تزكية لقراء روايتي

في البارتات السابقة أخذت أوسع نطاق لأعرف بشخصيات قصتي واحد تلو الآخر ....وأيضا
.... بما يسود عالم ماريسا الغامض
مار أيكم بالبداية ؟؟؟؟؟
وحتى عطوني آرائكم بالشخصيات وكيف شفتوا قوة شخصيات القصة ؟؟؟؟
ماهي الشخصية التي لفتت إنتباهكم ؟؟؟
البارتات القادمة هي بداية قصة ماريسا التي تختلف عن الجميع لن يستطيع أحد أن يفهم كل
.... ماتحاول ماريسا فعله لكن على أرض الواقع سيذهل الجميع مما ستفعله
... ترقبوا البارت الجديد من القصة
... سيكون هناك تشويق ..حماس ...إذهال...غموض
◈◈◈◈◈◈

———

الفصل 11 : هنا تبدأ القصة

ماريسا هي فتاة إسمها يعني البحر و البحر يحمل
بين طياته السكوت في أحيان و الهيجان في مرات
أخرى ...
أما أخاها و التر فإسمه يعني القوة و الشجاعة وقائد
الجيش ...
ماريسا زعيمة قاهرة لكن ليست خائنة و لا ظالمة
و لا حتى قاتلة ....
تعيش رفقة عائلتها في قصر ملكي فاخر تضبط فيه
قوانينها و لا تسقط فيه كلماتها وكل أقوالها حق و
مقاس ورفقة ...
(قصر ماريسا الفاخر)

إفعلوا كل ماتقدرون عليه ..وحاولوا اللعب
معي .....إذا أنتم تلعبون بأرواحكم ...
(ميونخ (ألمانيا
قررت ماريسا الذهاب للإيطاح بالعصابة المتواجدة
في ألمانيا ..العصابة التي تحاول اللعب مع ماريسا
أمرت ماريسا بتجهيز سيارتها الخاصة من طرف
لوثر (حارسها الشخصي) وقررت الذهاب رفقة

.. أداليا ورفقة خمس رجال من أتباعها

بعد نصف ساعة من البحث عثرت على العصابة

لم تقضي على الجميع فقد تركت رئيس العصابة

... على قيد الحياة

نظف الحراس المكان حتى أن صوت المسدس

...لم يسمع قط

...إنتهى هذا الأمر كله في منتصف الليل بالضبط

ذهب الجميع إلا ماريسا التي ركبت سيارتها واتجهت

نحو مكتبة والدتها روزا التي كانت كثيرا ماتحب

... الكتابة

حتى ماريسا كانت تحب هذا ،لم تعلم ماريسا

... مالعائلة ولا حتى شعور الأم والأب والإخوة

لذلك هي الآن تريد أن تكتب كل أفراحها ومشاعرها

كانت ماريسا تحب كلمات واحدة كثيرا لدرجة أنها

: حفظتها وأصبحت كثيرا ما ترددها

... كثيرا ما ترددها عندما تلتقي بأعدائها

وكلما أحست بالنصر والثقة تأتي إلى مكتبة والدتها

في الصباح الباكر وعلى غير العادة لم تغادر ماريسا

.... مدينة ميونخ بل ضلت

وإتجهت إلى أقرب شخص من عملائها كانت أولغا

(القناصة التي طلبت منها تمارة المساعدة)

تحدثتا لمدة ساعة وبعدها وافقت أولغا على مساعدة

ماريسا في خطتها رغم أن هذه الخطة قد تودي

.... بحياتهما وحياة المملكة ككل

كانت الخطة إخراج الصندوق الذي خبأ في قصر

والد ماريسا بالبرازيل كانت هذه أصعب مهمة

.... ستخوذها ماريسا حتى الآن

جمعت بعضا من أتباعها لم تكن تخشى هذا لكن

.... كل أتباعها كانوا خائفين

يحرس هذا الصندوق خمس رجال من الرماة »

ومن من يستعملون الخناجر والمكان كله مفخخ

كان هذا كلام « جيوفاني

لكن رغم هذا لم تخشى وقالت : » نملك أولغا هي

.... قناصة محترفة

... أسرعوا وكفاكم كلاما هيا فأمامنا مهمة كبيرة

.... ركب الجميع السيارات واتجهوا نحو البرازيل
وصلوا إلى القصر أخرج الجميع مسدساتهم وختارت
... أولغا مكانا مناسبا لإطلاق رصاصتها
بعد مرور ساعة وتأكد الجميع من عدم وجود أحد
دخلوا ولا زال الأمر على حاله ،بعد دخولهم وأخذ
ماريسا للصندوق تغير الوضع فجأة وإضطر الجميع
للإشتباك مع حراس الصندوق أصيبت ماريسا
أخرجوها ،وإنتهى الإشتباك بأمان أتباع ماريسا
...بفضل أولغا
غادر الجميع المكان بسرعة نظرا لإصابة ماريسا
.... وكذا فقدانها الوعي
بعد تضميد جرحها لم تفق إلا بعد مرور يومين
... وكانت بحالة أفضل من السابق
غريب أمر هذا اليوم فقد جاء أسيانو و تمارة
لزيارة ماريسا ،وهذا بعد انقطاع دام لمدة عام ونصف
.... إستغرب الجميع من أجلهم
لكنهم وعلى حسب ماقالوا أنهم أرادوا زيارة ماريسا
... لم تصدق ماريسا كلامهم فهي تعلم جيدا طباعهم
بعد مرور أسبوع أوقعت ماريسا على أمر السماح
... بالزواج في مملكتها
فرح الجميع وفور سماع الجميع بالقرار أقيمت
... عدة حفلات زفاف
لكن الجميع كان ينتظر حفل زفاف آخر غير هذه
الحفلات ؟؟؟ !!!!!
كل مايحدث حولها لم يقلقها سوى إختفاء والتر هو
الأمر المقلق لم يرسل أي رسالة ولم يأتي حتى
لم يكن الجميع قلقا مثلها وهذا ماكان يثير غضبها
لم تستطع إيجاد المعلومات فوالدتها لا تتحدث ولا
... حتى أختها أداليا
طلبت ماريسا من أداليا إحضار الصندوق الذي
أحضروه من البرازيل (من قصر والدها) ، فتحته
لتجد صور عائلتهم وقلائد والدهم الملكية
ورسائله السرية وحتى الخرائط و المخطوطات
كان كل هذا يهمها لكنها أرادت أن تفهم لما خبأ
أبي هذا وجعل عليه حراسا كثر و أصبحت تقول

... في نفسها هل لهذا الصندوق علاقة يموت أبي
لن أستطيع إيجاد إجابة عن أسئلتي سأذهب »
بنفسي و أكتشف ...ولكن يجب أن أكتشف فورا
وقبل إنقضاء الشهر « ....هذا ما قالته ماريسا
على الساعة الخامسة صباحا وفي شارع الرعب
بألمانيا

كانت ماريسا لوحدها متجهة إلى بيت أولغا وصلت
وقد طلبت من أولغا البحث عن شخص يمكن
الوثوق به يستطيع إكتشاف الخائن والكاذب و
.... عليه أيضا مساعدتنا في حل مشكلة فورية
وتذكري جيدا أنني لا أحب الفشل والتعثر وفشل
... الخطط يجب أن نحقق أهدافنا

أولغا إسم يعنى الفتاة السعيدة لكن القناصة أولغا
لم يكن الجميع يعلم إن كانت سعيدة أم لا لا تضحك
إلا نادرا ولا تتحدث إلا وقت الضرورة ولهذا كثيرا
ماتحب ماريسا العمل معها كونها متقنة صارمة
... ولا تظلم أبدا

تعيش في ميونخ هي جاسوسة منذ أن كانت في
.... سن السادسة عشر

هي تعرف ماريسا حق المعرفة لكن ماريسا لا تعلم
هذا ... لأن أولغا كانت تشتغل عند جد ماريسا
عندما كانت في السادسة عشر من عمرها لمدة
خمس سنين وبعدها انتقلت الى قصر والتر
.... بألمانيا لتعيش بميونخ

إنتهى بارت اليوم أتمنى أن ينال إعجابكم
◈◈ ترى ما اكتشفتم

_ ◈لماذا ماريسا أرادت إكتشاف اللغز قبل إنتهاء الشهر ؟؟

_ ◈لماذا شكت ماريسا بأسيانو و تمارة ؟؟

_ ◈لماذا قالت ماريسا بأن للصندوق علاقة بموت والدها ؟؟

_ ◈ ◈ ◈ ◈ ◈ ◈لماذا لم يقلق الجميع على والتر رغم غيابه الطويل ؟؟

_ ◈ ماهو الزفاف المرتقب عند الجميع ؟؟

الفصل 12: إنقلاب مجريات المملكة

قررت ماريسا إقامة حفل زفافها مع جيوفاني.
لكن هذا الزفاف كان بالنسبة لها بها بمثابة أمر
سياسي ذا نوافذ أخرى وأمور تتعلق بالمملكة ...
حظر الزفاف كل المملكة وكل الأماكن التي تقبع
تحت سيطرة ماريسا ....
كان الزفاف رائعها بالنسبة الجميع إلا ماريسا حتى
والدتها كانت تتمتم بينها وبين نفسها
قائلة :"مابها لماذا لا تنسى أمور المافيا للحظة ..."
مر يوم الزفاف رائعا ...
في الصباح وبعد فطور صباحي عائلي نهضت
الجميع مصدوم من تصرفات ماريسا ....
كانت ماريسا تود لقاء أسيانو وتمارة لكنها كانت تفكر
في تأجيل هذا اللقاء إلى حين ايجاد دليل يدينهما.
لذا ذهبت الى كهف التميرا لتلتقي بالقناصة أولغا
لأن الجميع أصبح يراقب كل خطوات أولغا و هذا
الكهف آمن ليلتقيا فيه ...
كانت ماريسا تود أن تعرف أين والتر أولا فقد
أصبحت تراودها شكوك بأنه هو من يسمى
ألباستي " مفتعل المشاكل في كل أنحاء المافيا "
ماعدا ممملكة ماريسا ....
ولهذا طلبت من أولغا البحث عنه وإخبارها بكل
جديد ...
هنا لن يستطيع أحد منع ماريسا من معرفة الحقيقة
الكاملة لأنه لا أحد يعلم بلقائها هذا ...
1.عادت ماريسا إلى القصر لتصدم بوجود أسيانو و.
تمارة هناك لم تتحدث إليهما واتجهت الى غرفتها...
ولزالت مصدومة منهما ...
غادر الجميع القصر فقد ذهبوا إلى ممالك مختلفة
بناءا على طلب ماريسا منهم لأنهم تريد كشف
المستور المخبأ عنها ....
في ليلة ممطرة وعاصفة، تجد ماريسا نفسها وحيدة
في قصرها. تشعر بوجود شيء غريب وغير معتاد في

الجو، وتشعر بأنها تراقب وتراقبت في نفس الوقت.
تقرر ماريسا البحث عن مصدر هذا الشعور. قامت
بتركيب كاميرات مراقبة سرية في المنزل ووضعت
أجهزة تسجيل صوتية في أماكن مختلفة. قامت أيضًا
بتحليل أنماط الحركة والأصوات المسجلة لديها
للكشف عن أي أنشطة غريبة.

لكن الأمر لا يتوقف عند ذلك. بدأت الأحداث الغريبة
في الظهور. تجد ماريسا أدلة غامضة تشير إلى وجود
أشخاص مجهولين يتلاعبون بحياتها. تجد أدوات
طاردة وإشارات غامضة في مكانها المقدس، ورسائل
مفزعة تترك لها.

تكتشف أن الجواسيس يراقبونها من خلال تقنية
التجسس الحديثة، وأنهم يعرفون كل حركة وتصرف
لها. تدرك أنها بحاجة إلى التفكير خارج الصندوق
واستخدام قدراتها الفريدة لكشف هوية الجواسيس.

تقرر التلاعب بالجواسيس بدورها. بدأت في إرسال
معلومات مضللة وإشارات كاذبة إلى الجواسيس، مما
يجعلهم يكشفون أنفسهم عن غير قصد. تستخدم
مهاراتها الذكية والتحليلية لربط الأدلة وتحليل
البيانات لتحديد هويتهم وموقعهم الحقيقي.

قامت ماريسا بالتصعيد. تنظم مطاردة مثيرة ومخيفة
في شوارع ميونخ، تستخدم فيها مهاراتها البدنية
والعقلية لتتغلب على الجواسيس بطريقة مثيرة ومذهلة.

بفضل ذكائها وشجاعتها، تمكنت ماريسا من كشف
الجواسيس لكن الأمر بقي سرا بينها وبين تولغا
وأتباع غير معروفين ....

قررت ماريسا أن تخفي الأمر عن الجميع لأنها تعلم أن
موضوع الجواسيس لم ينتهي بعد ....

جاء يوم لقاء الزعماء شهر ماي لقاء المافيا لكنه
سيكون إستثنائيا للغاية ....

في غرفة مظلمة ومهيبة، يجتمع زعماء المافيا
المخضرمين من جميع أنحاء العالم في لقاء
استثنائي. وعلى رأسهم تقف ماريسا، الشخصية
الغامضة والقوية التي يخافون منها جميعًا. تعلو
وجهها ابتسامة غامضة وعينيها تنبعث منهما القوة والثقة.

بينما يجلس زعماء المافيا في صمت متوتر، تتحدث ماريسا بصوت هادئ وثابت يملأ الغرفة. تقدم لهم تحليلًا دقيقًا لأعمالهم الإجرامية وشبكاتهم المعقدة تكشف عن أسرارهم وصفقاتهم الخفية، مما يثير استغرابهم وذهولهم. ثم، تنطلق ماريسا في خطاب ملهم يهز قلوبهم قائلة :" زعماء المافيا،

إنني أعرف أنكم تجلسون هنا اليوم بثقة وبغطاء الظلام الذي يحيط بكم. لقد جئت لأعلن لكم عن وجود قوة أعظم وأشد رعباً من قوتكم وتهديدكم. أنا الكتاب الذي يُلقى بظلاله المخيفة على عروشكم الفاسدة وأنتم تجتاحون الشوارع بوحشيتكم. أنا صوت العدالة الذي يتردد في أعماق الظلام، وإليكم يا أشباه البشر، سأخبركم بأن العصر الذي تحكمون فيه ينتهي اليوم. لقد حان وقت للحساب والانتقام، وستواجهون عواقب أفعالكم الشنيعة وأعمالكم الإجرامية.

سمعتم عني، "الظلام الذي لا يعرف الرحمة"، وأنا هنا لأضع نهاية لاستبدادكم وفسادكم. سأنزل عليكم عاصفة لا يمكنكم الهروب منها، وستعرفون الخوف الذي لم تختبروه من قبل. سأجعلكم تشعرون بالضيق والرعب في كل ثانية من حياتكم المليئة بالجرائم والمآسي. سوف تفقدون النوم وتعيشون في حالة من الشك والخوف المستمر. سأقوم بتفكيك إمبراطوريتكم المشبوهة ببطء وبحكمة، وسترى كيف يتلاشى كل مؤامرة قذرة قمتم بها. ستشعرون بالعجز والضعف أمام قوتي وصمودي. سأجلب العدالة للضحايا الذين استباحتم حقوقهمز سلبتم أرواحهم. ستدفعون ثمن كل قطرة دم أراقتها أياديكم الدموية. ستعرفون ماهية الألم والعذاب الذي تسببتم فيه للعديد من الأبرياء.

أعلم أنكم تعتقدون أنكم لا تقهر، وأن لا أحد يستطيع مواجهتكم. ولكن سوف تكتشفون أن وجودكم المزعوم الذي تعتقدونه قوة لا يمكن تحديها ليس إلا وهماً. سأجعلكم تعرفون الرعب الحقيقي، وستلمسون بأنفسكم قوتي واستعدادي لتحطيمكم.

فلتكن هذه الكلمات تصدى في قلوبكم وأذهانكم، فأنا لست ببطل خيالي أو بحلم يمكن تجاهله. أنا الكارثة

التي ستهب عليكم، وستمحو كل ما بنيتموه من رعب
وكيان ظلم. تعرض أمامهم رؤيتها لمستقبل جديد،
حيث ينبغي لهم التخلص من العنف والفساد والظلم.
تدعوهم إلى تغيير وتحول، وتذكرهم بأن القوة
الحقيقية تكمن في قدرتهم على خدمة المجتمع وبناء عالم أفضل.
تدهش ماريسا زعماء المافيا بحكمتها وشجاعتها
تقدم لهم خيارات محتملة، تشمل التخلي عن
أنشطتهم الإجرامية والانضمام إلى جانب العدل
والنزاهة، أو مواجهة العواقب القاسية إذا استمروا في طريقهم الحالي.
تختم ماريسا كلمتها بعبارة تتركها تتردد في أذهانهم،
"القوة الحقيقية لا تكون في الرعب والتسلط، بل في
"القدرة على تغيير نفسك والعالم من حولك".
ينصت زعماء المافيا إلى كلمات ماريسا بصمت عميق
تنعكس على وجوههم مشاعر الارتياح والتفكير.
يدركون أنها ليست مجرد خصمة، بل هي قائدة
حقيقية تمتلك القدرة على تحويل حياتهم.
في النهاية، يبقى اللقاء مفتوحًا للنقاش والقرار. وفي
الأيام التالية، يحدث تحول تدريجي في سلوك زعماء
المافيا، حيث يبدأون بتغيير نهجهم والعمل نحو
إحداث تحول إيجابي في عالم الجريمة المنظمة.

"يقول أحد الزعماء الحاضدرين :"
قد تكونم تلمسون الخوف والقلق ينبض في أعماق
قلوبكم بعد الكلمات التي توجهت بها القوة الخارقة
للتهديد والرعب. ولكن دعوني أطمئنكم، فأنا هنا
لأوجه رسالة مختلفة تمامًا.
لقد جئت اليوم لأعبر عن رغبتي في إحلال السلام
والاستقرار. إنني أدرك تمامًا أن القوة والرعب ليست
السبيل الوحيد لتحقيق الهدف الذي نسعى إليه. بدلاً
من ذلك، أنا متحدث باسم الحوار والتفاهم.
دعونا نضع جميعًا خلافاتنا وراءنا ونبحث عن طرق
للتعاون والتعايش. لا يستفيد أحد من دور الضحية
أو الجلاد، وإنما يكمن النجاح في تحقيق السلام في

قدرتنا على العمل معًا والتوصل إلى تسويات مشتركة. سواء كان ذلك من خلال التفاوض أو الحوار أو إيجاد حلول مبتكرة، يجب أن نتعاون لننشر رسالة السلام والتعايش بين شعوبنا. إن التحديات التي نواجهها تتطلب منا الوقوف متحدين والعمل بروح الانفتاح والتسامح. لذا، أدعوكم جميعًا إلى ترك الماضي وراءنا والتفكير في المستقبل. دعونا نبني عالمًا يسوده السلام والعدل.

ماقاله هذا الزعيم جعل ماريسا تكتشف أنها تغلبت على الجميع وفرضت عليهم كيانها الذي يملئه السلام وبعثت برسالتها إلى الجميع دون إستثناء....

1- لم تكن ماريسا تتوقع مجيئ تمارة و أسيانو بعد أن اكتشفوا حقيقة انها ليست منهم ....

الفصل 13: هل نحن العدو أم هم

قررت ماريسا البدأ في تخريب أوكار المافيا وتحطيم نواياهم السيئة بعد أن
وضعت ماريسا وفريقها (الذي يتكون من أولغا والأتباع الذين لم تخبر عنهم ماريسا أحدا
خططًا محكمة، تنطلق إلى عملية تخريب أوكار المافيا بشكل سري ودقيق
يتم تحديد سلسلة من الأهداف المهمة والتي تحمل أهمية كبيرة في هيكل المنظمة الإجرامية. .
الهدف هو تعطيل القدرة التشغيلية للمافيا وتقويض نفوذها تبدأ ماريسا وفريقها بالتجهيزات
اللازمة، بجمع معلومات مهمة عن الأوكار
ومراقبة الحركة والأنشطة في المنطقة المحيطة التي يقبع فيها المجرمون . يتم تحديد اللحظة
، المثلى للهجوم التي كانوا قد خططوا لها وحسبوا لها ألف حساب
،حيث يكون الحراس الأمنيون أقل استعدادًا وتجاوبًا. عندما يحين الوقت المناسب
يقوم الفريق بالتسلل إلى الأوكار بحركة سرية وبدون أن يلفتوا الانتباه. يستخدمون التمويه و
التكتيكات الاحترافية للمرور بالحراس الأمنيين والأجهزة الأمنية المتقدمة التي تحمي
المكان
بمهارتهم وتعاونهم، يخترق الفريق أرجاء الأوكار بصمت ويبدأ في تنفيذ خطط.
التخريب. يستخدمون الأدوات المختلفة مثل المتفجرات الصغيرة والأسلحة
المتخفية لتعطيل أنظمة الحماية وتدمير مصادر القوة والسيطرة للمافيا يتحرك
الفريق بحذر وسرعة، يتفادون الاكتشاف ويضمنون عدم ترك أي أدلة تشير إلى هويتهم.
يتعاملون بحرص مع الأجهزة
الأمنية وأي أفراد متواجدين بهدوء وفعالية.
عادت ماريسا بعد العملية ولم يستطع أحد إكتشاف ماحدث لكن لا يهمها
،إن عرفوا منها بل يهمها معرفتهم من خلال انتشار عواقب التخريب ،بمرور الوقت
تبدأ آثار التخريب في الظهور وتتسبب في فوضى داخل المنظمة. تنقطع خطوط الاتصال
وتتبدل الخطط والتوجيهات بسبب الفوضى والارتباك. تضعف القوة والتأثير
الذي كانت تتمتع به المافيا بعد إنجاز مهمتهم، ينسحب الفريق بشكل مراوغ ويعود
إلى مكانهم الآمن، حيث يستعرضون نجاحهم ويستعيدون طاقتهم. يتركون
المنظمة الإجرامية في حالة من الفوضى والارتباع ا. المكان يصبح غير قادر
على استعادة سرعته وتأثيره بسرعة، وهذا يعطي ماريسا
وفريقها السري وقتًا إضافيًا للعمل على تحقيق أهدافهم النهائية.لكن
... رغم كل التخريب لم يتسبب الفريق في عمليات القتل
في الصباح كانت ماريسا سعيدة على غير العادة حتى أن جو القصر
... تغير من محزن إلى أكثر قصر تحوم حوله السعادة
... إذا لم يشك أحد بماريسا وفريقها
بعد نجاح ماريسا وفريقها في تخريب أوكار المافيا السرية، ينتاب المنظمة

الإجرامية حالة من الفوضى والارتباك. تنتشر الأخبار بسرعة عن الهجوم الذي تعرضت له المنظمة وتدمير أوكارها المحصنة. تندلع حالة من الهلع والاضطراب داخل صفوف المنظمة، حيث يفقد الأعضاء الثقة في الهيكل التنظيمي والقيادة.

في غمرة الفوضى، تنشأ صراعات داخلية للسيطرة على القوة والموارد المتبقية. يتنافس الأعضاء المتبقون على الهيمنة والنفوذ، مما يؤدي إلى تكوين تحالفات وتقسيمات داخل المنظمة. تتصاعد حدة الصراعات حيث يستغل الأعضاء الفرص للانتقام وتعزيز مكانتهم الداخلية.

في الوقت نفسه، تتصاعد جهود السلطات القانونية للقضاء على المنظمة. تركز الوكالات الأمنية على تعقب أعضاء المافيا المتورطين في الأنشطة الإجرامية. تتزايد حملات المراقبة والتحقيقات، مما يجعلها أكثر صعوبة على المنظمة العمل بحرية وتنفيذ عملياتها.

في محاولة للبقاء والتكيف، تعيد المنظمة هيكلة نفسها وتعدل استراتيجيتها. يتم تعزيز الأمن والحذر في جميع الأنشطة الإجرامية. تستعين المنظمة بشبكات جديدة وتطور طرقًا سرية للتواصل والتنسيق بين أعضائها.

وفي الوقت نفسه، تتعزز جهود السلطات القانونية لمكافحة المنظمة المتضررة. يتعاون العديد من الأجهزة الأمنية والإنفاذ لتبادل المعلومات وزيادة الضغط على المنظمة وتقديمًا في مدينة "ميونخ"، كانت المنظمة الإجرامية المعروفة بإسم "الظل الأسود" تسيطر بقبضة من حديد على المدينة. كانت أوكارهم السرية تعد قلعات للجريمة ومنصات لتنفيذ أعمالهم الشريرة. ومع ذلك، جاء يوم مشؤوم عندما قررت ماريسا وفريقها تدمير هذه الأوكار وتعطيل المنظمة.

بعد تنفيذ خطة محكمة، تمكن فريق ماريسا من اختراق أوكار المافيا وزرع الألغام والتفجيرات في مواقع حساسة. تحولت الأوكار السرية إلى سحابة من الدخان والركام، وتصاعدت النيران والهمجية في الهواء. كانت الانفجارات بمثابة إشارة لبداية نهاية الظل الأسود.

عندما وصلت أنباء التخريب إلى أذن الظل الأسود، سادت حالة من الفوضى والهلع داخل صفوف المنظمة. اندلعت صراعات داخلية عنيفة للسيطرة على السلطة والموارد المتبقية. تصاعدت المؤامرات والخيانات، حيث استغل الأعضاء الفرصة للقضاء على خصومهم والسيطرة على ما تبقى من الهيكل التنظيمي.

في غضون ذلك، زادت جهود الشرطة والسلطات القانونية للقبض على أعضاء المنظمة وتفكيك شبكتها الإجرامية. تصاعدت حملات المراقبة والتحقيقات، مما جعلها تعمل بكل قوة وحزم للقضاء على هذه الجريمة المنظمة.

في محاولة للبقاء على قيد الحياة وتجاوز الأزمة، قررت المنظمة إعادة هيكلة نفسها وتعديل استراتيجيتها. بدأت تستخدم شبكات جديدة وأساليب سرية للتواصل والتنسيق بين أعضائها. زادت الحذر والتأمين في جميع الأعمال الإجرامية، وتعلمت المنظمة من أخطائها السابقة وبدأت تتحرك في الظلال بدقة وحذر.

أصبح جميع زعماء في حالة من هلع كونهم أيقنوا أن كلام ماريسا لم يكن هباءا منثورا بل كان وعدا قد حققته ،لم يستطع أحد الإنتقام منها سوى أنهم قرروا إعادة هيكلت منظماتهم المتحطمة .....

... إن ماريسا تشهد على زمن نصرها على زعماء المافيا

... لم تتغاضا ماريسا بل إنها تتجهز بكل قوة لإرسال رسالة لهم بعد التخريب الذي ألحقته بهم ،قائلة في الرسالة :" تحية لكم، أيها الزعماء الفاسدين

أنا الظل الذي يختبئ في الظلام، المُحطم لأسواركم القديمة، و المجنّد للعدالة التي طالما بحثتم عنها في كوابيسكم. أنا صوت الشعب المكبوت، الذي استفاق الآن ليعلن عن نهايتكم المرتقبة. كنتم تعتقدون أنكم لا تقهرون، أنكم تملكون القوة و السلطة لتحكموا بالعالم وتستغلوا الضعفاء. لكني جئت لأقول لكم إن الظلام الذي خلفتموه لن يستمر. تلك الأوكار الرثة التي بنيتموها كانت ملاذًا لكم فقط، ولكنني حطمتها و أسقطتكم من عروشكم.

أنتم الأشباح البغيضة الذين استباحوا الأرض و سفكوا الدماء بلا رحمة. لقد تجاوزتم كل الخطوط الحمراء و انتهكتم حقوق الإنسان بلا رحمة. كانت مهمتي هي إيقافكم و تحقيق العدالة التي فرضتم أنفسكم فوقها.

لن يكون هناك مكان للاستبداد و الفساد بعد الآن. سأواصل مطاردتكم حتى تسلموا للعدالة وتدفعوا ثمن أفعالكم الشنيعة. سأكشف عن كل تفاصيلكم المظلمة و أضعها أمام أعين العالم، حتى يعرف الجميع حقيقة الشياطين التي تختبئ وراء الأقنعة البشرية.

أنا أعلم أنكم ستحاولون الانتقام و العودة بقوة. لكن اعلموا أني مستعد لمواجهتكم، ولن أستسلم أبدًا. سأحاربكم بكل قوتي وسأجعل من يومكم الأسود أسوأ كابوس تخيفون به أنفسكم. فلتتذكروا جيدًا أن الشجاعة و الحق ستنتصر في النهاية. ستكونون محاصرين ومطاردين، وسأضعكم في السجون التي أقمتموها للآخرين. ستتعلمون بأن الشعب لن يظل صامتًا أمام ظلمكم، و أن العدالة ستعم المكان الذي استباحتموه.

أطلقوا العنان لغضبكم و تهديداتكم، فأنا لا أخشى شيئًا. سأواجهكم بكل شجاعة وإصرار، وسأكون الصوت الذي ينادي بالحرية و العدالة، حتى ينهار كل ركن من ركنانكم ،لن أتغاضا عن نشر العدالة وسأحول عالمكم هذا إلى عالم آمن مسالم "

تحية الزعيمة لكم

بعد تلقيهم الرسالة زاد رعبهم وخذلانهم أمام الجميع

الفصل 14: أنا لن أستسلم

...اليوم قررت ماريسا القضاء نهائيا على زعماء المافيا وكيانهم المظلم

كانت الليلة المظلمة تلفح المدينة، وكانت ماريسا تقف وسط الأمطار الغزيرة التي تتساقط بغزارة على الشوارع الخلفية. كانت تحمل معها خطة محكمة للقبض على المافيا المدججة بالجرائم التي كانت تهدد سلامة العالم

، بدأت ماريسا بالاستعدادات قبل بدء التنفيذ. قامت بالاستطلاع المتقن مع فريقها حيث تجسست على المجرمين المستهدفين وتحللت سلوكهم وعاداتهم. جمعت المعلومات الحساسة التي ستساعدها في تنفيذ خطتها الجريئة.

من خلال مهاراتها الاستخباراتية والتمثيلية، استعانت ماريسا بشخصية مستترة لتفوز بثقة المجرمين. تغيرت ملابسها وصوتها وحتى لهجتها، حتى أصبحت تبدو كمجرمة محترفة وهذا نفس مافعله أعضاء فريقها. كانت تتلاعب بالكلمات والأفعال لتكسب الثقة والتواصل بفاعلية مع أفراد العصابة.

استخدمت ماريسا مهاراتها في الاختراق الإلكتروني للوصول إلى نظم العصابة. اخترقت الأجهزة الإلكترونية الحساسة واستولت على المعلومات الحيوية التي تحتاجها لتنفيذ الخطة. كانت تتحرك بحذر ودقة فائقة في عالم الأكواد والشبكات وكأنها راقصة ماهرة ترقص على أنغام البيانات المشفرة، .

زرعت ماريسا بذور الشك والتوتر بين أفراد المافيا المجرمة. قامت بترويج أخبار مضللة وزعمات لإثارة الشبهات وزيادة التوتر بينهم. أثنت على الخيانة المحتملة بينهم وأشارت إلى وجود مريض وكانت تتربص بهم بكلماتها الحادة ونظراتها المتسلطة.

كان الفريق متناغمًا وموحدًا، جاهزًا للانطلاق في أي لحظة. كانوا الأعين والأذن التي تحركت بسرعة ودقة لضمان نجاح العملية.

وفي لحظة ماستأتي أصوات الشرطة المقتربة، وتعلو الإثارة في الهواء. كانت ماريسا تعلم أن الوقت قد حان للتنفيذ النهائي.

باستغلال الفوضى المحيطة وانشغال العصابة بمواجهة الشرطة، تحركت البطلة وفريقه بسرعة. اندسوا في الأزقة المظلمة والمشبوهة، مختبئين في الظلال كالأشباح المنتقمة.

أحد الأفراد المجرمين المستهدفين اقترب من مكان ماريسا، غافلاً عن الخطر القادم وفجأة، بدأت المصائب تنهال عليه. تناثرت الشباك الخفية والفخاخ المحكمة حوله، وتم أسره في لحظة.

في ذلك الوقت، تم القبض على أفراد العصابة الآخرين واحدًا تلو الآخر، وسط صراخ الشرطة وصوت الأمطار المتواصلة. كانت البطلة قد نجحت في إيقاع المجرمين في الفخ، وقد حققت النصر على الظلام والجريمة.

ومع انتهاء العملية، بدأت ماريسا تشعر بالراحة والفخر. استطاعت أن تحقق العدالة و
تعيد الأمان إلى المدينة المنكوبة. وبينما تغادر المكان، تنظر إلى السماء المطرزة بالنجوم،
عازمة على مغامرات جديدة تنتظرها في المستقبل.

الفصل 15: هذا ملخص نجاح ماريسا

الاختبار النهائي

كانت ماريسا تجلس في غرفة مظلمة صغيرة، وجهها مضاء بضوء خافت يتسلل من تحت الباب المغلق. كانت تستعد لاختبار نهائي مصيري يقرر مصيرها ومصير المدينة بأكملها. كانت القوى الشريرة تهدد بالانتشار والسيطرة على كل شيء.

في تلك الغرفة، انتظرت البطلة بصبر وترقب. كانت تشعر بتوتر شديد يملأ جسدها ولكنها كانت مصممة على النجاح. كانت مدركة تمامًا أنها تحمل مصير المدينة في يديها، وأنها الشخص الوحيد القادر على وقف هذا الشر العظيم.

بدأ الاختبار عندما انفتح الباب المغلق أمام ماريسا وراء الباب، كان هناك ممر مظلم مليء بالألغاز والتحديات. تحتاج ماريسا إلى استخدام كل مهاراتها وقوتها الداخلية للتغلب على هذه التحديات والوصول إلى غرفة القوة النهائية.

تقدمت ماريسا بحذر في الممر المظلم، حيث كانت تواجه مخاطر لا تحصى. تجاوزت الفخاخ المميتة وحلت الألغاز المعقدة التي تعترض طريقها. كانت تعتمد على ذكائها وقوتها البدنية وشجاعتها للتغلب على كل تحدي يواجهها.

مع كل خطوة تقدمها، ازدادت التحديات صعوبة. ومع ذلك، لم تتراجع البطلة. كانت مصممة على أن تكون النجمة الساطعة التي تنقذ المدينة من الهلاك.

وأخيرًا، بعد مجهود جهيد وتحديات مستحيلة، وصلت البطلة إلى غرفة القوة النهائية. كانت الغرفة توهج بضوء غامض، وكان الشر ينبعث منها بقوة لا توصف. كانت ماريسا واقفة هناك، جاهزة لمواجهة الشر وإنقاذ المدينة.

بدأت معركة حامية الوطيس بين ماريسا والشر المستحكم. استخدمت ماريسا كل قوتها ومهاراتها في المعركة، وكانت تتلقى ضربات قوية ولكنها لم تستسلم. كانت تركز على هدفها النبيل وتدافع عن كل ما تحب.

بعد نجاح ماريسا في خطتها أخبرت الجميع بكل ما أخفته عنهم وأصبح الجميع سعيدا ببطولتها ....

ووالتر المختفي أتى بعد أن أخبرته روزا والدته بنجاح أخته ...

الفصل 16: ختام القصة

النجاح وإنقاذ العالم

وجدت ماريسا نفسها في قلب معقل المافيا، المكان الذي يتم تخطيط وتنفيذ جميع العمليات الإجرامية. كانت تحاول وقف الشر الذي يهدد العالم بأسره وإنقاذ الأبرياء من قبضة المافيا القاسية.

محاطة بأتباع المافيا، تصارعت ماريسا بشجاعة للتغلب على الأعداء وإحباط خططهم الشريرة.

استخدمت كل مهاراتها وقوتها للتصدي للمهاجمين، ولم تتراجع أمام أي تحدي. كانت مصممة على النجاح وتدرك أنها الأمل الوحيد للعالم.

مع تقدم ماريسا في المعقل، تكشفت أسرار مظلمة ومؤامرات مروعة. اكتشفت نوايا المافيا وخططها الشريرة للسيطرة على العالم وتحقيق أهدافها المشؤومة.

ومع كل انتصار تحققته، اقتربت ماريسا أكثر من هزيمة المافيا وإنقاذ العالم.

وأخيرًا، بعد معركة طويلة وشرسة، واجهت ماريسا مع زعماء المافيا في مواجهة حاسمة. كانت المعركة قوية وملحمية. ولكن ماريسا، بصمودها وإرادتها القوية، نجحت في تجاوز الزعيم وتغلبت عليه بالنهاية.

مع هزيمة الزعماء، انهارت مافيا وتفككت قوتها الشريرة. تحرر العالم من قبضتها القاسية وعاد الأمان والسلام إلى الأرض. كانت البطلة قد نجحت في إنقاذ العالم وحماية الأبرياء من الظلام.

وهكذا، انتهت الرواية بنجاح ماريسا في مهمتها النبيلة. تم تحقيق العدالة واستعادة السلام وأثبتت البطلة شجاعتها وقوتها وإرادتها الصلبة في مواجهة الشر.

أتممت عمل والدي هذا ما قالته ماريسا في نهاية خطتها

إذا كشف سر أبيها

العبرة من هذه الرواية أنه لا يجب بالضرورة نسج عالم مافيا يحوس القتل
بل يجب علينا أيضا أن نؤلف
روايات تعطي الألم و تظهر
الإختلاف في العوالم

———

أحييكم أنا الكاتبة العروسي شيماء
محبة القراءة و المطالعة
وخصوصا كتب التنمية البشرية
تطوير النفس و الذات

———

جزائرية تفتخر بنسبها
من بلد المليون و النصف مليون شهيد

———

الأسماء المستعملة في الرواية
نصفها حقيقة ونصفها من إنشائي
" نصيحة أوجهها لكم جميعا : الأهداف التي لاتكتب ليست سوى أمنيات

أما بالنسبة اكتبي في الماستقبل هي
كتاب هل وصلنا
وقصة ضوء الشموع الهارب
وإن شاء الله
سأستمر
إلا أن أصبح كاتبة ناجحة
أهدي كتبي لعائلتي السند والداعم
الأول لي
شكرا عائلتي

____

الخاتمة :

رغم أن ماريسا وجدت نفسها لا تنتمي إلى عائلة كانت تظن نفسها أنها جزء منها ووجدت نفسها في عالم لم يكن يتسع لعقلها الذي كان يفكر فقط في السلام والنجاح ...
بعد مسار طويل وشاق من المغامرات والتحديات، وصلت ماريسا إلى ذروة رحلتها تجاوزت كل الصعاب وتغلبت على الشر الذي كان يهدد العالم. كانت معركتها الأخيرة مع قوى الظلام بالفعل مصيرية.

وقفت ماريسا في قمة الجبل الشاهق، حيث ينبثق الشروق الجميل ويمتد المنظر الخلاب أمامها. كانت تشعر بالانتصار والراحة العميقة
كانت قد حققت هدفها النبيل وأنقذت العالم من الدمار .

ومع ذلك، لم تصبح ماريسا مغرورة أو متكبرة. بل تذكرت الرحلة الصعبة التي قطعتها، وتقديرها للأصدقاء الذين ساندوها ووقفوا إلى جانبها طوال الطريق
كانت ممتنة للمعاناة والتحديات التي مرت بها، فقد شكلتها وجعلتها أقوى .

وفي هذا اللحظة، تذكرت ماريسا أن مهمتها لم تنتهِ بالكامل. رغم أنها هزمت الشر إلا أن هناك الكثير لتفعله لتحسين العالم وإعادة بنائه. أقسمت على نفسها ، أن تستخدم قدراتها ومهاراتها لصالح الخير ، وأن تكون
رمزًا للأمل والعزيمة.

وبالتالي، عاشت ماريسا حياة مستقرة ومجدية بعد النجاح الكبير الذي حققته. أصبحت رمزًا للتحفيز والإلهام للآخرين، وعملت بجد لتوجيه الشباب وتعليمهم قيم الشجاعة والعدالة.
وفي النهاية، استمرت روح ماريسا في إسبانيا ، وخلفت تأثيرًا إيجابيًا يدوم للأجيال القادمة.
كانت قصة نجاحها تروي للجميع أنه بإمكانهم تحقيق المستحيل والقيام بالخير في العالم
وصل البطل الرئيسي إلى نهاية رحلته الملحمية، حيث يعلم الكثير عن نفسه وعن العالم من حوله
يتعامل مع تحديات كبيرة ويواجه مصاعب لا تُحصى، ولكنه يثبت قوته الداخلية وإرادته الصلبة.

في الخاتمة، تجد البطلة الرئيسي الإغلاق الذي كان يسعى إليه. يمكن أن يكون ذلك عن طريق تحقيق هدفه الأكبر، اكتشاف حقيقة مهمة، تجاوز ماضٍ مؤلم، أو تحقيق السلام الداخلي
يشعر البطل بالراحة والانتصار .
ويشارك القارئ في تلك اللحظة المميزة.
تنتهي روايتي بإشعال شعلة الأمل في قلوب كل من سيقرأ روايتي ...
شكرا لكم
سلام الله عليكم أتمنى أن تنال روايتي إعجابكم

في مجمل القول

وفي نهاية هذا الكتاب، أود أن أعبر عن شكري العميق وامتناني لله على إكمال هذه الرحلة الكتابية. إنه بفضله وإلهامه الذي لا ينضب، استطعت أن أنجز هذا الكتاب وأشارك قراءي الأعزاء بأفكاري وتجاربي.

إن شعوري بالامتنان يتجاوز الحدود، فقد أعطاني الله هبة الكتابة وأعانني على تطويرها وتحقيق نجاح في هذا المجال. لقد أدركت أن الكتابة هي أكثر من مجرد أداة تعبير، فهي رحلة شخصية تمتد عبر الزمن والمكان، وتمنحني الفرصة للتأمل والتأثير على الآخرين. بفضل حبي للكتابة، وجدت سعادتي وهدفي في الحياة. إنها بوابة لعالم من الإبداع والتعبير الذي لا يعرف حدودًا. من خلال الكتابة، تمكنت من توثيق أفكاري ومشاركتها مع العالم، وهذا يعطي حياتي الغاية والمعنى.

أدركت أيضًا أن الكتابة ليست مجرد هواية أو وسيلة للتعبير، بل هي أحد أنجح المشاريع التي يمكن أن يستثمر فيها الإنسان. فبواسطة الكتابة، يمكننا نشر الفكر والمعرفة، وتأثير حياة الآخرين بشكل إيجابي. إنها فرصة لترك أثرٍ قوي ومستدام في عالمنا.

لذا، أدعو القراء الأعزاء ليس فقط للاستمتاع بفوائد الكتابة، بل لاكتشاف قوتها وقدرتها على تحويل الحياة. قد تكون الكتابة أداة للتعبير عن الأفراح والأحزان، وتساعدنا على التعامل مع التحديات والتغلب على الصعاب. إنها شريكة مخلصة في رحلة النمو الشخصي وتحقيق الطموحات.

فلنكن شاكرين لله على هذه النعمة العظيمة، ولنستمر في حب الكتابة واستغلالها بكل قوتنا. فقد أثبتت الكتابة أنها ليست مجرد أداة، بل هي رحلة مدهشة تمتلئ بالمغامرات والتحولات، وقد تكون الباب الذي يفتح لنا آفاقًا جديدة وفرصًا لا تُحصى في الحياة.

فلنستمر في كتابة قصصنا ومشاركتها مع العالم، ولنتذكر دائمًا أن الكتابة يمكن أن تكون رحلةً مستدامة ومجزية. لذا، انطلقوا في هذا المشوار بشغف وإصرار، واستمتعوا بكل لحظة تقضونها بين صفحات الكتابة. ودعوا حبكم للكتابة يستمر في إلهامكم ودفعكم لتحقيق الأهداف العظيمة في حياتكم.

في النهاية، أشكر الله مرة أخرى على النعمة العظيمة التي أعطاني إياها، وأدعو الله أن يبارك جهودنا في الكتابة ويجعلها مصدر إلهام ونجاح في حياتنا وحياة الآخرين. فلنستمر في كتابة القصص، ولنبقى ممتنين لهذه الهدية الجميلة ونقدر قوة الكلمات وقدرتها على تغيير العالم.

في نهاية هذه الرواية، أتمنى أن تبقى شعلة حب الكتابة مشتعلة في قلوبكم، وأن تستمروا في استكشاف قدراتكم وتحقيق أحلامكم من خلال هذا الفن الرائع. بالكلمات، يمكننا أن نطوي صفحات جديدة من الحياة ونجدد إيماننا بالقوة الإبداعية التي يمتلكها الإنسان.

فلنمضي قدمًا بثقة وإصرار، ولنستمر في كتابة حكاياتنا الفريدة والملهمة، فقدرتنا على الكتابة هي هبة قيمة لا يجب أن نستهين بها. فلنكن ممتنين ونعزز حب الكتابة في حياتنا، ولنحولها إلى عملٍ معبّر وملهم يحقق النجاح والتأثير الإيجابي في عالمنا.

في النهاية، أتمنى لكم رحلة مستدامة وممتعة في عالم الكتابة، وأن تستمروا في إثراء الحياة بكلماتكم الرائعة وأفكاركم العميقة. ولا تنسوا أبدًا أن الكتابة هي قوة حقيقية يمكن أن تحقق بها التغيير والتأثير الذي نتمناه في العالم.

تعلمت من خلال القراءة والكتابة

أمورا عدة وإكتشفت جوانب الحياة

المشرقة من خلالها

الكتابة هي أنجح مشروع

هي هواية هي تسلية

هي تنمية البشرية

ولذات وللنفس

صنائع فاق صانعها ففاقت ـوغرس طاب غارسه فطابا

وحمدا لك رب أدعوك أن تتكلم بقبول عملي هذا ابتغاء وجهك الكريم ياقدير، ياكريم، ياحكيم

وأرجو أن تمنحنب رضاك وتمتعني يحب خير الخلق صلى الله عليه وسلم

About the Author

أنا كاتبة جزائرية عمرها 15 سنة فتاة طموحة و ذات شغف كبير وطالبة ثانية ثانوي شعبة علوم تجريبية محبة القراءة والكتابة وخصوصا مجال علم النفس